HÉSIODE ÉDITIONS

ALFRED DE MUSSET

Croisilles

Hésiode éditions

© Hésiode éditions.

1 rue Honoré - 93500 Pantin.
ISBN 978-2-493135-94-0
Dépôt légal : Octobre 2022

Impression Books on Demand GmbH

In de Tarpen 42
22848 Norderstedt, Allemagne

Croisilles

I

Au commencement du règne de Louis XV, un jeune homme nommé Croisilles, fils d'un orfèvre, revenait de Paris au Havre, sa ville natale. Il avait été chargé par son père d'une affaire de commerce, et cette affaire s'était terminée à son gré. La joie d'apporter une bonne nouvelle le faisait marcher plus gaiement et plus lestement que de coutume ; car, bien qu'il eût dans ses poches une somme d'argent assez considérable, il voyageait à pied pour son plaisir. C'était un garçon de bonne humeur, et qui ne manquait pas d'esprit, mais tellement distrait et étourdi, qu'on le regardait comme un peu fou. Son gilet boutonné de travers, sa perruque au vent, son chapeau sous le bras, il suivait les rives de la Seine, tantôt rêvant, tantôt chantant, levé dès le matin, soupant au cabaret, et charmé de traverser ainsi l'une des plus belles contrées de la France. Tout en dévastant, au passage, les pommiers de la Normandie, il cherchait des rimes dans sa tête (car tout étourdi est un peu poète), et il essayait de faire un madrigal pour une belle demoiselle de son pays ; ce n'était pas moins que la fille d'un fermier général, mademoiselle Godeau, la perle du Havre, riche héritière fort courtisée. Croisilles n'était point reçu chez M. Godeau autrement que par hasard, c'est-à-dire qu'il y avait porté quelquefois des bijoux achetés chez son père. M. Godeau, dont le nom, tant soit peu commun, soutenait mal une immense fortune, se vengeait par sa morgue du tort de sa naissance, et se montrait, en toute occasion, énormément et impitoyablement riche. Il n'était donc pas homme à laisser entrer dans son salon le fils d'un orfèvre ; mais, comme mademoiselle Godeau avait les plus beaux yeux du monde, que Croisilles n'était pas mal tourné, et que rien n'empêche un joli garçon de devenir amoureux d'une belle fille, Croisilles adorait mademoiselle Godeau, qui n'en paraissait pas fâchée. Il pensait donc à elle tout en regagnant le Havre, et, comme il n'avait jamais réfléchi à rien, au lieu de songer aux obstacles invincibles qui le séparaient de sa bien-aimée, il ne s'occupait que de trouver une rime au nom de baptême qu'elle portait. Mademoiselle Godeau s'appelait Julie, et la rime était aisée à trouver. Croisilles, arrivé à Honfleur, s'embarqua le cœur satisfait, son argent et son madrigal en poche, et, dès qu'il eut touché le rivage, il courut à la maison paternelle.

Il trouva la boutique fermée ; il y frappa à plusieurs reprises, non sans étonnement ni sans crainte, car ce n'était point un jour de fête ; personne ne venait. Il appela son père, mais en vain. Il entra chez un voisin pour demander ce qui était arrivé ; au lieu de lui répondre, le voisin détourna la tête, comme ne voulant pas le reconnaître. Croisilles répéta ses questions ; il apprit que son père, depuis longtemps gêné dans ses affaires, venait de faire faillite, et s'était enfui en Amérique, abandonnant à ses créanciers tout ce qu'il possédait.

Avant de sentir tout son malheur, Croisilles fut d'abord frappé de l'idée qu'il ne reverrait peut-être jamais son père. Il lui paraissait impossible de se trouver ainsi abandonné tout à coup ; il voulut à toute force entrer dans la boutique, mais on lui fit entendre que les scellés étaient mis ; il s'assit sur une borne, et, se livrant à sa douleur, il se mit à pleurer à chaudes larmes, sourd aux consolations de ceux qui l'entouraient, ne pouvant cesser d'appeler son père, quoiqu'il le sût déjà bien loin ; enfin il se leva, honteux de voir la foule s'attrouper autour de lui, et, dans le plus profond désespoir, il se dirigea vers le port.

Arrivé sur la jetée, il marcha devant lui comme un homme égaré qui ne sait où il va ni que devenir. Il se voyait perdu sans ressources, n'ayant plus d'asile, aucun moyen de salut, et, bien entendu, plus d'amis. Seul, errant au bord de la mer, il fut tenté de mourir en s'y précipitant. Au moment où, cédant à cette pensée, il s'avançait vers un rempart élevé, un vieux domestique, nommé Jean, qui servait sa famille depuis nombre d'années, s'approcha de lui.

– Ah ! mon pauvre Jean ! s'écria-t-il, tu sais ce qui s'est passé depuis mon départ. Est-il possible que mon père nous quitte sans avertissement, sans adieu ?

– Il est parti, répondit Jean, mais non pas sans vous dire adieu.

En même temps il tira de sa poche une lettre qu'il donna à son jeune maître. Croisilles reconnut l'écriture de son père, et, avant d'ouvrir la lettre, il la baisa avec transport ; mais elle ne renfermait que quelques mots. Au lieu de sentir sa peine adoucie, le jeune homme la trouva confirmée. Honnête jusque-là et connu pour tel, ruiné par un malheur imprévu (la banqueroute d'un associé), le vieil orfèvre n'avait laissé à son fils que quelques paroles banales de consolation, et nul espoir, sinon cet espoir vague, sans but ni raison, le dernier bien, dit-on, qui se perde.

– Jean, mon ami, tu m'as bercé, dit Croisilles après avoir lu la lettre, et tu es certainement aujourd'hui le seul être qui puisse m'aimer un peu ; c'est une chose qui m'est bien douce, mais qui est fâcheuse pour toi ; car, aussi vrai que mon père s'est embarqué là, je vais me jeter dans cette mer qui le porte, non pas devant toi ni tout de suite, mais un jour ou l'autre, car je suis perdu.

– Que voulez-vous y faire ? répliqua Jean, n'ayant point l'air d'avoir entendu, mais retenant Croisilles par le pan de son habit ; que voulez-vous y faire, mon cher maître ? Votre père a été trompé ; il attendait de l'argent qui n'est pas venu, et ce n'était pas peu de chose. Pouvait-il rester ici ? Je l'ai vu, monsieur, gagner sa fortune depuis trente ans que je le sers ; je l'ai vu travailler, faire son commerce, et les écus arriver un à un chez vous. C'est un honnête homme, et habile ; on a cruellement abusé de lui. Ces jours derniers, j'étais encore là, et comme les écus étaient arrivés, je les ai vus partir du logis. Votre père a payé tout ce qu'il a pu pendant une journée entière ; et, lorsque son secrétaire a été vide, il n'a pu s'empêcher de me dire, en me montrant un tiroir où il ne restait que six francs : « Il y avait ici cent mille francs ce matin ! » Ce n'est pas là une banqueroute, monsieur, ce n'est point une chose qui déshonore !

– Je ne doute pas plus de la probité de mon père, répondit Croisilles, que de son malheur. Je ne doute pas non plus de son affection ; mais j'aurais voulu l'embrasser, car que veux-tu que je devienne ? Je ne suis point fait à la misère, je n'ai pas l'esprit nécessaire pour recommencer ma fortune. Et quand je l'aurais ? mon père est parti. S'il a mis trente ans à s'enrichir, combien m'en faudra-t-il pour réparer ce coup ? Bien davantage. Et vivra-t-il alors ? Non sans doute ; il mourra là-bas, et je ne puis pas même l'y aller trouver ; je ne puis le rejoindre qu'en mourant aussi.

Tout désolé qu'était Croisilles, il avait beaucoup de religion. Quoique son désespoir lui fît désirer la mort, il hésitait à se la donner. Dès les premiers mots de cet entretien, il s'était appuyé sur le bras de Jean, et tous deux retournaient vers la ville. Lorsqu'ils furent entrés dans les rues, et lorsque la mer ne fut plus si proche :

– Mais, monsieur, dit encore Jean, il me semble qu'un homme de bien a le droit de vivre, et qu'un malheur ne prouve rien. Puisque votre père ne s'est pas tué, Dieu merci, comment pouvez-vous songer à mourir ? Puisqu'il n'y a point de déshonneur, et toute la ville le sait, que penserait-on de vous ? Que vous n'avez pu supporter la pauvreté. Ce ne serait ni brave ni chrétien ; car, au fond, qu'est-ce qui vous effraye ? Il y a des gens qui naissent pauvres, et qui n'ont jamais eu ni père ni mère. Je sais bien que tout le monde ne se ressemble pas, mais enfin il n'y a rien d'impossible à Dieu. Qu'est-ce que vous feriez en pareil cas ? Votre père n'était pas né riche, tant s'en faut, sans vous offenser, et c'est peut-être ce qui le console. Si vous aviez été ici depuis un mois, cela vous aurait donné du courage. Oui, monsieur, on peut se ruiner, personne n'est à l'abri d'une banqueroute ; mais votre père, j'ose le dire, a été un homme, quoiqu'il soit parti un peu vite. Mais que voulez-vous ? on ne trouve pas tous les jours un bâtiment pour l'Amérique. Je l'ai accompagné jusque sur le port, et si vous aviez vu sa tristesse ! comme il m'a recommandé d'avoir soin de vous, de lui donner de vos nouvelles !... Monsieur, c'est une vilaine idée que vous avez de jeter le manche après la cognée. Chacun a son temps d'épreuve ici-bas, et j'ai été soldat avant d'être domestique. J'ai rudement souffert, mais j'étais jeune ; j'avais votre âge, monsieur, à cette époque-là, et il me semblait que la Providence ne peut pas dire son dernier mot à un homme de vingt-cinq ans. Pourquoi voulez-vous empêcher le bon Dieu de réparer le mal qu'il vous fait ? Laissez-lui le temps, et tout s'arrangera. S'il m'était permis de vous conseiller, vous attendriez seulement deux ou trois ans, et je gagerais que vous vous en trouveriez bien. Il y a toujours moyen de s'en aller de ce monde. Pourquoi voulez-vous profiter d'un mauvais moment ?

Pendant que Jean s'évertuait à persuader son maître, celui-ci marchait en silence, et, comme font souvent ceux qui souffrent, il regardait de côté et d'autre, comme pour chercher quelque chose qui pût le rattacher à la vie. Le hasard fit que, sur ces entrefaites, mademoiselle Godeau, la fille du fermier général, vint à passer avec sa gouvernante. L'hôtel qu'elle habitait n'était pas éloigné de là ; Croisilles la vit entrer chez elle. Cette rencontre produisit sur lui plus d'effet que tous les raisonnements du monde. J'ai dit qu'il était un peu fou, et qu'il cédait presque toujours à un premier mouvement. Sans hésiter plus longtemps et sans s'expliquer, il quitta le bras de son vieux domestique, et alla frapper à la porte de M. Godeau.

II

Quand on se représente aujourd'hui ce qu'on appelait jadis un financier, on imagine un ventre énorme, de courtes jambes, une immense perruque, une large face à triple menton, et ce n'est pas sans raison qu'on s'est habitué à se figurer ainsi ce personnage. Tout le monde sait à quels abus ont donné lieu les fermes royales, et il semble qu'il y ait une loi de nature qui rende plus gras que le reste des hommes ceux qui s'engraissent non seulement de leur propre oisiveté, mais encore du travail des autres. M. Godeau, parmi les financiers, était des plus classiques qu'on pût voir, c'est-à-dire des plus gros ; pour l'instant il avait la goutte, chose fort à la mode en ce temps-là, comme l'est à présent la migraine. Couché sur une chaise longue, les yeux à demi fermés, il se dorlotait au fond d'un boudoir.

Les panneaux de glaces qui l'environnaient répétaient majestueusement de toutes parts son énorme personne ; des sacs pleins d'or couvraient sa table ; autour de lui, les meubles, les lambris, les portes, les serrures, la cheminée, le plafond, étaient dorés ; son habit l'était ; je ne sais si sa cervelle ne l'était pas aussi. Il calculait les suites d'une petite affaire qui ne pouvait manquer de lui rapporter quelques milliers de louis ; il daignait en sourire tout seul, lorsqu'on lui annonça Croisilles, qui entra d'un air humble mais résolu, et dans tout le désordre qu'on peut supposer d'un homme qui a grande envie de se noyer. M. Godeau fut un peu surpris de cette visite inattendue ; il crut que sa fille avait fait quelque emplette ; il fut confirmé dans cette pensée en la voyant paraître presque en même temps que le jeune homme. Il fit signe à Croisilles, non pas de s'asseoir, mais de parler. La demoiselle prit place sur un sofa, et Croisilles, resté debout, s'exprima à peu près en ces termes :

– Monsieur, mon père vient de faire faillite. La banqueroute d'un associé l'a forcé à suspendre ses payements, et, ne pouvant assister à sa propre honte, il s'est enfui en Amérique, après avoir donné à ses créanciers jusqu'à son dernier sou. J'étais absent lorsque cela s'est passé ; j'arrive, et il y a deux heures que je sais cet événement. Je suis absolument sans ressources et déterminé à mourir. Il est très probable qu'en sortant de chez vous je vais me jeter à l'eau. Je l'aurais déjà fait, selon toute apparence, si le hasard ne m'avait fait rencontrer mademoiselle votre fille tout à l'heure. Je l'aime, monsieur, du plus profond de mon cœur ; il y a deux ans que je suis amoureux d'elle, et je me suis tu jusqu'ici à cause du respect que je lui dois ; mais aujourd'hui, en vous le déclarant, je remplis un devoir indispensable, et je croirais offenser Dieu si, avant de me donner la mort, je ne venais pas vous demander si vous voulez que j'épouse mademoiselle Julie. Je n'ai pas la moindre espérance que vous m'accordiez cette demande, mais je dois néanmoins vous la faire ; car je suis bon chrétien, monsieur, et lorsqu'un bon chrétien se voit arrivé à un tel degré de malheur, qu'il ne lui soit plus possible de souffrir la vie, il doit du moins, pour atténuer son crime, épuiser toutes les chances qui lui restent avant de prendre un dernier parti.

Au commencement de ce discours, M. Godeau avait supposé qu'on venait lui emprunter de l'argent, et il avait jeté prudemment son mouchoir sur les sacs placés auprès de lui, préparant d'avance un refus poli, car il avait toujours eu de la bienveillance pour le père de Croisilles. Mais quand il eut écouté jusqu'au bout, et qu'il eut compris de quoi il s'agissait, il ne douta pas que le pauvre garçon ne fût devenu complètement fou. Il eut d'abord quelque envie de sonner et de le faire mettre à la porte ; mais il lui trouva une apparence si ferme, un visage si déterminé, qu'il eut pitié d'une démence si tranquille. Il se contenta de dire à sa fille de se retirer, afin de ne pas l'exposer plus longtemps à entendre de pareilles inconvenances.

Pendant que Croisilles avait parlé, mademoiselle Godeau était devenue rouge comme une pêche au mois d'août. Sur l'ordre de son père, elle se retira. Le jeune homme lui fit un profond salut dont elle ne sembla pas s'apercevoir. Demeuré seul avec Croisilles, M. Godeau toussa, se souleva, se laissa retomber sur ses coussins, et s'efforçant de prendre un air paternel :

– Mon garçon, dit-il, je veux bien croire que tu ne te moques pas de moi et que tu as réellement perdu la tête. Non seulement j'excuse ta démarche, mais je consens à ne point t'en punir. Je suis fâché que ton pauvre diable de père ait fait banqueroute et qu'il ait décampé ; c'est fort triste, et je comprends assez que cela t'ait tourné la cervelle. Je veux faire quelque chose pour toi ; prends un pliant et assieds-toi là.

– C'est inutile, monsieur, répondit Croisilles ; du moment que vous me refusez, je n'ai plus qu'à prendre congé de vous. Je vous souhaite toutes sortes de prospérités.

– Et où t'en vas-tu ?

– Écrire à mon père et lui dire adieu.

– Eh, que diantre ! on jurerait que tu dis vrai ; tu vas te noyer, ou le diable m'emporte.

– Oui, monsieur ; du moins je le crois, si le courage ne m'abandonne pas.

– La belle avance ! fi donc ! quelle niaiserie ! Assieds-toi, te dis-je, et écoute-moi.

M. Godeau venait de faire une réflexion fort juste, c'est qu'il n'est jamais agréable qu'on dise qu'un homme, quel qu'il soit, s'est jeté à l'eau en nous quittant. Il toussa donc de nouveau, prit sa tabatière, jeta un regard distrait sur son jabot, et continua.

– Tu n'es qu'un sot, un fou, un enfant, c'est clair, tu ne sais ce que tu dis. Tu es ruiné, voilà ton affaire. Mais, mon cher ami, tout cela ne suffit pas ; il faut réfléchir aux choses de ce monde. Si tu venais me demander… je ne sais quoi, un bon conseil, eh bien ! passe ; mais qu'est-ce que tu veux ? tu es amoureux de ma fille ?

– Oui, monsieur, et je vous répète que je suis bien éloigné de supposer que vous puissiez me la donner pour femme ; mais comme il n'y a que cela au monde qui pourrait m'empêcher de mourir, si vous croyez en Dieu, comme je n'en doute pas, vous comprendrez la raison qui m'amène.

– Que je croie en Dieu ou non, cela ne te regarde pas, je n'entends pas qu'on m'interroge ; réponds d'abord : Où as-tu vu ma fille ?

– Dans la boutique de mon père et dans cette maison, lorsque j'y ai apporté des bijoux pour mademoiselle Julie.

– Qui est-ce qui t'a dit qu'elle s'appelle Julie ? On ne s'y reconnaît plus, Dieu me pardonne ! Mais, qu'elle s'appelle Julie ou Javotte, sais-tu ce qu'il faut, avant tout, pour oser prétendre à la main de la fille d'un fermier général ?

– Non, je l'ignore absolument, à moins que ce ne soit d'être aussi riche qu'elle.

– Il faut autre chose, mon cher, il faut un nom.

– Eh bien ! je m'appelle Croisilles.

– Tu t'appelles Croisilles, malheureux ! Est-ce un nom que Croisilles ?

– Ma foi, monsieur, en mon âme et conscience, c'est un aussi beau nom que Godeau.

– Tu es un impertinent, et tu me le payeras.

– Eh, mon Dieu ! monsieur, ne vous fâchez pas ; je n'ai pas la moindre envie de vous offenser. Si vous voyez là quelque chose qui vous blesse, et si vous voulez m'en punir, vous n'avez que faire de vous mettre en colère : en sortant d'ici, je vais me noyer.

Bien que M. Godeau se fût promis de renvoyer Croisilles le plus doucement possible, afin d'éviter tout scandale, sa prudence ne pouvait résister à l'impatience de l'orgueil offensé ; l'entretien auquel il essayait de se résigner lui paraissait monstrueux en lui-même ; je laisse à penser ce qu'il éprouvait en s'entendant parler de la sorte.

– Écoute, dit-il presque hors de lui et résolu à en finir à tout prix, tu n'es pas tellement fou que tu ne puisses comprendre un mot de sens commun. Es-tu riche ?... Non. Es-tu noble ?... Encore moins. Qu'est-ce que c'est que la frénésie qui t'amène ? Tu viens me tracasser, tu crois faire un coup de tête ; tu sais parfaitement bien que c'est inutile ; tu veux me rendre responsable de ta mort. As-tu à te plaindre de moi ? dois-je un sou à ton père ? Est-ce ma faute si tu en es là ? Eh, mordieu ! on se noie et on se tait.

– C'est ce que je vais faire de ce pas ; je suis votre très humble serviteur.

– Un moment ! il ne sera pas dit que tu auras eu en vain recours à moi. Tiens, mon garçon, voilà quatre louis d'or ; va-t'en dîner à la cuisine, et que je n'entende plus parler de toi.

– Bien obligé, je n'ai pas faim, et je n'ai que faire de votre argent !

Croisilles sortit de la chambre, et le financier, ayant mis sa conscience en repos par l'offre qu'il venait de faire, se renfonça de plus belle dans sa chaise et reprit ses méditations.

Mademoiselle Godeau, pendant ce temps-là, n'était pas si loin qu'on pouvait le croire ; elle s'était, il est vrai, retirée par obéissance pour son père ; mais, au lieu de regagner sa chambre, elle était restée à écouter derrière la porte. Si l'extravagance de Croisilles lui paraissait inconcevable, elle n'y voyait du moins rien d'offensant ; car l'amour, depuis que le monde existe, n'a jamais passé pour offense ; d'un autre côté, comme il n'était pas possible de douter du désespoir du jeune homme, mademoiselle Godeau se trouvait prise à la fois par les deux sentiments les plus dangereux aux femmes, la compassion et la curiosité. Lorsqu'elle vit l'entretien terminé et Croisilles prêt à sortir, elle traversa rapidement le salon où elle se trouvait, ne voulant pas être surprise aux aguets, et elle se dirigea vers son appartement ; mais presque aussitôt elle revint sur ses pas. L'idée que Croisilles allait peut-être réellement se donner la mort lui troubla le cœur malgré elle. Sans se rendre compte de ce qu'elle faisait, elle marcha à sa rencontre ; le salon était vaste, et les deux jeunes gens vinrent lentement au-devant l'un de l'autre. Croisilles était pâle comme la mort, et mademoiselle Godeau cherchait vainement quelque parole qui pût exprimer ce qu'elle sentait. En passant à côté de lui, elle laissa tomber à terre un bouquet de violettes qu'elle tenait à la main. Il se baissa aussitôt, ramassa le bouquet et le présenta à la jeune fille pour le lui rendre ; mais, au lieu de le reprendre, elle continua sa route sans prononcer un mot, et entra dans le cabinet de son père. Croisilles, resté seul, mit le bouquet dans son sein, et sortit de la maison le cœur agité, ne sachant trop que penser de cette aventure.

III

À peine avait-il fait quelques pas dans la rue, qu'il vit accourir son fidèle Jean, dont le visage exprimait la joie.

– Qu'est-il arrivé ? lui demanda-t-il ; as-tu quelque nouvelle à m'apprendre ?

– Monsieur, répondit Jean, j'ai à vous apprendre que les scellés sont levés, et que vous pouvez rentrer chez vous. Toutes les dettes de votre père payées, vous restez propriétaire de la maison. Il est bien vrai qu'on a emporté tout ce qu'il y avait d'argent et de bijoux, et qu'on a même enlevé les meubles ; mais enfin la maison vous appartient, et vous n'avez pas tout perdu. Je cours partout depuis une heure, ne sachant ce que vous étiez devenu, et j'espère, mon cher maître, que vous serez assez sage pour prendre un parti raisonnable.

– Quel parti veux-tu que je prenne ?

– Vendre cette maison, monsieur, c'est toute votre fortune ; elle vaut une trentaine de mille francs. Avec cela, du moins, on ne meurt pas de faim ; et qui vous empêcherait d'acheter un petit fonds de commerce qui ne manquerait pas de prospérer ?

– Nous verrons cela, répondit Croisilles, tout en se hâtant de prendre le chemin de sa rue. Il lui tardait de revoir le toit paternel ; mais, lorsqu'il y fut arrivé, un si triste spectacle s'offrit à lui, qu'il eut à peine le courage d'entrer. La boutique en désordre, les chambres désertes, l'alcôve de son père vide, tout présentait à ses regards la nudité de la misère. Il ne restait pas une chaise ; tous les tiroirs avaient été fouillés, le comptoir brisé, la caisse emportée ; rien n'avait échappé aux recherches avides des créanciers et de la justice, qui, après avoir pillé la maison, étaient partis, laissant les portes ouvertes, comme pour témoigner aux passants que leur besogne était accomplie.

– Voilà donc, s'écria Croisilles, voilà donc ce qui reste de trente ans de travail et de la plus honnête existence, faute d'avoir eu à temps, au jour fixe, de quoi faire honneur à une signature imprudemment engagée !

Pendant que le jeune homme se promenait de long en large, livré aux plus tristes pensées, Jean paraissait fort embarrassé. Il supposait que son maître était sans argent, et qu'il pouvait même n'avoir pas dîné. Il cherchait donc quelque moyen pour le questionner là-dessus, et pour lui offrir, en cas de besoin, une part de ses économies. Après s'être mis l'esprit à la torture pendant un quart d'heure pour imaginer un biais convenable, il ne trouva rien de mieux que de s'approcher de Croisilles, et de lui demander d'une voix attendrie :

– Monsieur aime-t-il toujours les perdrix aux choux ?

Le pauvre homme avait prononcé ces mots avec un accent à la fois si burlesque et si touchant, que Croisilles, malgré sa tristesse, ne put s'empêcher d'en rire.

– Et à propos de quoi cette question ? dit-il.

– Monsieur, répondit Jean, c'est que ma femme m'en fait cuire une pour mon dîner, et si par hasard vous les aimiez toujours…

Croisilles avait entièrement oublié jusqu'à ce moment la somme qu'il rapportait à son père ; la proposition de Jean le fit se ressouvenir que ses poches étaient pleines d'or.

– Je te remercie de tout mon cœur, dit-il au vieillard, et j'accepte avec plaisir ton dîner ; mais, si tu es inquiet de ma fortune, rassure-toi, j'ai plus d'argent qu'il ne m'en faut pour avoir ce soir un bon souper que tu partageras à ton tour avec moi.

En parlant ainsi, il posa sur la cheminée quatre bourses bien garnies, qu'il vida, et qui contenaient chacune cinquante louis.

– Quoique cette somme ne m'appartienne pas, ajouta-t-il, je puis en user pour un jour ou deux. À qui faut-il que je m'adresse pour la faire tenir à mon père ?

– Monsieur, répondit Jean avec empressement, votre père m'a bien re-commandé de vous dire que cet argent vous appartenait ; et si je ne vous en parlais point, c'est que je ne savais pas de quelle manière vos affaires de Paris s'étaient terminées. Votre père ne manquera de rien là-bas ; il logera chez un de vos correspondants, qui le recevra de son mieux ; il a d'ailleurs emporté ce qu'il lui faut, car il était bien sûr d'en laisser encore de trop, et ce qu'il a laissé, monsieur, tout ce qu'il a laissé, est à vous, il vous le marque lui-même dans sa lettre, et je suis expressément chargé de vous le répéter. Cet or est donc aussi légitimement votre bien que cette maison où nous sommes. Je puis vous rapporter les paroles mêmes que votre père m'a dites en partant : « Que mon fils me pardonne de le quitter ; qu'il se souvienne seulement pour m'aimer que je suis encore en ce monde, et qu'il use de ce qui restera après mes dettes payées, comme si c'était mon héritage. » Voilà, monsieur, ses propres expressions ; ainsi remettez ceci dans votre poche, et puisque vous voulez bien de mon dîner, allons, je vous prie, à la maison.

La joie et la sincérité qui brillaient dans les yeux de Jean ne laissaient aucun doute à Croisilles. Les paroles de son père l'avaient ému à tel point qu'il ne put retenir ses larmes ; d'autre part, dans un pareil moment, quatre mille francs n'étaient pas une bagatelle. Pour ce qui regardait la maison, ce n'était point une ressource certaine, car on ne pouvait en tirer parti qu'en la vendant, chose toujours longue et difficile. Tout cela cependant ne laissait pas que d'apporter un changement considérable à la situation dans laquelle se trouvait le jeune homme ; il se sentit tout à coup attendri, ébranlé dans sa funeste résolution, et, pour ainsi dire, à la fois plus triste et moins désolé. Après avoir fermé les volets de la boutique, il sortit de la maison avec Jean, et, en traversant de nouveau la ville, il ne put s'empêcher de songer combien c'est peu de chose que nos afflictions, puisqu'elles servent quelquefois à nous faire trouver une joie imprévue dans la plus faible lueur d'espérance. Ce fut avec cette pensée qu'il se mit à table à côté de son vieux serviteur, qui ne manqua point, durant le repas, de faire tous ses efforts pour l'égayer.

Les étourdis ont un heureux défaut : ils se désolent aisément, mais ils n'ont même pas le temps de se consoler, tant il leur est facile de se distraire. On se tromperait de les croire insensibles ou égoïstes ; ils sentent peut-être plus vivement que d'autres, et ils sont très capables de se brûler la cervelle dans un moment de désespoir ; mais, ce moment passé, s'ils sont encore en vie, il faut qu'ils aillent dîner, qu'ils boivent et mangent comme à l'ordinaire, pour fondre ensuite en larmes en se couchant. La joie et la douleur ne glissent pas sur eux ; elles les traversent comme des flèches : bonne et violente nature qui sait souffrir, mais qui ne peut pas mentir, dans laquelle on lit tout à nu, non pas fragile et vide comme le verre, mais pleine et transparente comme le cristal de roche.

Après avoir trinqué avec Jean, Croisilles, au lieu de se noyer, s'en alla à la comédie. Debout dans le fond du parterre, il tira de son sein le bouquet de mademoiselle Godeau, et, pendant qu'il en respirait le parfum dans un profond recueillement, il commença à penser d'un esprit plus calme à son aventure du matin. Dès qu'il y eut réfléchi quelque temps, il vit clairement la vérité, c'est-à-dire que la jeune fille, en lui laissant son bouquet entre les mains et en refusant de le reprendre, avait voulu lui donner une marque d'intérêt ; car autrement ce refus et ce silence n'auraient été qu'une preuve de mépris, et cette supposition n'était pas possible. Croisilles jugea donc que mademoiselle Godeau avait le cœur moins dur que monsieur son père, et il n'eut pas de peine à se souvenir que le visage de la demoiselle, lorsqu'elle avait traversé le salon, avait exprimé une émotion d'autant plus vraie qu'elle semblait involontaire. Mais cette émotion était-elle de l'amour ou seulement de la pitié, ou moins encore peut-être, de l'humanité ? Mademoiselle Godeau avait-elle craint de le voir mourir, lui, Croisilles, ou seulement d'être la cause de la mort d'un homme, quel qu'il fût ? Bien que fané et à demi effeuillé, le bouquet avait encore une odeur si exquise et une si galante tournure, qu'en le respirant et en le regardant, Croisilles ne put se défendre d'espérer. C'était une guirlande de roses autour d'une touffe de violettes. Combien de sentiments et de mystères un Turc aurait lus dans ces fleurs, en interprétant leur langage ! Mais il n'y a que faire d'être Turc en pareille circonstance. Les fleurs qui tombent du sein d'une jolie femme, en Europe comme en Orient, ne sont jamais muettes ; quand elles ne raconteraient que ce qu'elles ont vu, lorsqu'elles reposaient sur une belle gorge, ce serait assez pour un amoureux, et elles le racontent en effet. Les parfums ont plus d'une ressemblance avec l'amour, et il y a même des gens qui pensent que l'amour n'est qu'une sorte de parfum ; il est vrai que la fleur qui l'exhale est la plus belle de la création.

Pendant que Croisilles divaguait ainsi, fort peu attentif à la tragédie qu'on représentait pendant ce temps-là, mademoiselle Godeau elle-même parut dans une loge en face de lui. L'idée ne lui vint pas que, si elle l'apercevait, elle pourrait bien trouver singulier de le voir là après ce qui venait de se passer. Il fit au contraire tous ses efforts pour se rapprocher d'elle ; mais il n'y put parvenir. Une figurante de Paris était venue en poste jouer Mérope, et la foule était si serrée, qu'il n'y avait pas moyen de bouger. Faute de mieux, il se contenta donc de fixer ses regards sur sa belle, et de ne pas la quitter un instant des yeux. Il remarqua qu'elle semblait préoccupée, maussade, et qu'elle ne parlait à personne qu'avec une sorte de répugnance. Sa loge était entourée, comme on peut penser, de tout ce qu'il y avait de petits-maîtres normands dans la ville ; chacun venait à son tour passer devant elle à la galerie, car, pour entrer dans la loge même qu'elle occupait, cela n'était pas possible, attendu que monsieur son père en remplissait seul, de sa personne, plus des trois quarts. Croisilles remarqua encore qu'elle ne lorgnait point et qu'elle n'écoutait pas la pièce. Le coude appuyé sur la balustrade, le menton dans sa main, le regard distrait, elle avait l'air, au milieu de ses atours, d'une statue de Vénus déguisée en marquise ; l'étalage de sa robe et de sa coiffure, son rouge, sous lequel on devinait sa pâleur, toute la pompe de sa toilette, ne faisaient que mieux ressortir son immobilité. Jamais Croisilles ne l'avait vue si jolie. Ayant trouvé moyen, pendant l'entr'acte, de s'échapper de la cohue, il courut regarder au carreau de la loge, et, chose étrange, à peine y eut-il mis la tête, que mademoiselle Godeau, qui n'avait pas bougé depuis une heure, se retourna. Elle tressaillit légèrement en l'apercevant, et ne jeta sur lui qu'un coup d'œil ; puis elle reprit sa première posture. Si ce coup d'œil exprimait la surprise, l'inquiétude, le plaisir de l'amour ; s'il voulait dire : « Quoi ! vous n'êtes pas mort ! » ou : « Dieu soit béni ! vous voilà vivant ! » je ne me charge pas de le démêler ; toujours est-il que, sur ce coup d'œil, Croisilles se jura tout bas de mourir ou de se faire aimer.

IV

De tous les obstacles qui nuisent à l'amour, l'un des plus grands est sans contredit ce qu'on appelle la fausse honte, qui en est bien une très véritable. Croisilles n'avait pas ce triste défaut que donnent l'orgueil et la timidité ; il n'était pas de ceux qui tournent pendant des mois entiers autour de la femme qu'ils aiment, comme un chat autour d'un oiseau en cage. Dès qu'il eut renoncé à se noyer, il ne songea plus qu'à faire savoir à sa chère Julie qu'il vivait uniquement pour elle ; mais comment le lui dire ? S'il se présentait une seconde fois à l'hôtel du fermier général, il n'était pas douteux que M. Godeau ne le fît mettre au moins à la porte. Julie ne sortait jamais qu'avec une femme de chambre, quand il lui arrivait d'aller à pied ; il était donc inutile d'entreprendre de la suivre. Passer les nuits sous les croisées de sa maîtresse est une folie chère aux amoureux, mais qui, dans le cas présent, était plus inutile encore. J'ai dit que Croisilles était fort religieux ; il ne lui vint donc pas à l'esprit de chercher à rencontrer sa belle à l'église. Comme le meilleur parti, quoique le plus dangereux, est d'écrire aux gens lorsqu'on ne peut leur parler soi-même, il écrivit dès le lendemain. Sa lettre n'avait, bien entendu, ni ordre ni raison. Elle était à peu près conçue en ces termes :

« Mademoiselle,
« Dites-moi au juste, je vous en supplie, ce qu'il faudrait posséder de fortune pour pouvoir prétendre à vous épouser. Je vous fais là une étrange question ; mais je vous aime si éperdument qu'il m'est impossible de ne pas la faire, et vous êtes la seule personne au monde à qui je puisse l'adresser. Il m'a semblé, hier au soir, que vous me regardiez au spectacle. Je voulais mourir ; plût à Dieu que je fusse mort, en effet, si je me trompe et si ce regard n'était pas pour moi ! Dites-moi si le hasard peut être assez cruel pour qu'un homme s'abuse d'une manière à la fois si triste et si douce. J'ai cru que vous m'ordonniez de vivre. Vous êtes riche, belle, je le sais ; votre père est orgueilleux et avare, et vous avez le droit d'être fière ; mais je vous aime, et le reste est un songe. Fixez sur moi ces yeux charmants, pensez à ce que peut l'amour, puisque je souffre, que j'ai tout lieu de craindre, et que je ressens une inexprimable jouissance à vous écrire cette folle lettre qui m'attirera peut-être votre colère ; mais pensez aussi, mademoiselle, qu'il y a un peu de votre faute dans cette folie. Pourquoi m'avez-vous laissé ce bouquet ? Mettez-vous un instant, s'il se peut, à ma place ; j'ose croire que vous m'aimez, et j'ose vous demander de me le dire. Pardonnez-moi, je vous en conjure. Je donnerais mon sang pour être certain de ne pas vous offenser, et pour vous voir écouter mon

amour avec ce sourire d'ange qui n'appartient qu'à vous. Quoi que vous fassiez, votre image m'est restée ; vous ne l'effacerez qu'en m'arrachant le cœur. Tant que votre regard vivra dans mon souvenir, tant que ce bouquet gardera un reste de parfum, tant qu'un mot voudra dire qu'on aime, je conserverai quelque espérance. »

Après avoir cacheté sa lettre, Croisilles s'en alla devant l'hôtel Godeau, et se promena de long en large dans la rue, jusqu'à ce qu'il vît sortir un domestique. Le hasard, qui sert toujours les amoureux en cachette, quand il le peut sans se compromettre, voulut que la femme de chambre de mademoiselle Julie eût résolu ce jour-là de faire emplette d'un bonnet. Elle se rendait chez la marchande de modes, lorsque Croisilles l'aborda, lui glissa un louis dans la main, et la pria de se charger de sa lettre. Le marché fut bientôt conclu ; la servante prit l'argent pour payer son bonnet, et promit de faire la commission par reconnaissance. Croisilles, plein de joie, revint à sa maison et s'assit devant sa porte, attendant la réponse.

Avant de parler de cette réponse, il faut dire un mot de mademoiselle Godeau. Elle n'était pas tout à fait exempte de la vanité de son père, mais son bon naturel y remédiait. Elle était, dans la force du terme, ce qu'on nomme un enfant gâté. D'habitude elle parlait fort peu, et jamais on ne la voyait tenir une aiguille ; elle passait les journées à sa toilette, et les soirées sur un sofa, n'ayant pas l'air d'entendre la conversation. Pour ce qui regardait sa parure, elle était prodigieusement coquette, et son propre visage était à coup sûr ce qu'elle avait le plus considéré en ce monde. Un pli à sa collerette, une tache d'encre à son doigt, l'auraient désolée ; aussi, quand sa robe lui plaisait, rien ne saurait rendre le dernier regard qu'elle jetait sur sa glace avant de quitter sa chambre. Elle ne montrait ni goût ni aversion pour les plaisirs qu'aiment ordinairement les jeunes filles ; elle allait volontiers au bal, et elle y renonçait sans humeur, quelquefois sans motif ; le spectacle l'ennuyait, et elle s'y endormait continuellement. Quand son père, qui l'adorait, lui proposait de lui faire quelque cadeau à son choix, elle était une heure à se décider, ne pouvant se trouver un désir.

Quand M. Godeau recevait ou donnait à dîner, il arrivait que Julie ne paraissait pas au salon : elle passait la soirée, pendant ce temps-là, seule dans sa chambre, en grande toilette, à se promener de long en large, son éventail à la main. Si on lui adressait un compliment, elle détournait la tête, et si on tentait de lui faire la cour, elle ne répondait que par un regard à la fois si brillant et si sérieux, qu'elle déconcertait le plus hardi. Jamais un bon mot ne l'avait fait rire ; jamais un air d'opéra, une tirade de tragédie, ne l'avaient émue ; jamais, enfin, son cœur n'avait donné signe de vie, et, en la voyant passer dans tout l'éclat de sa nonchalante beauté, on aurait pu la prendre pour une belle somnambule qui traversait ce monde en rêvant.

Tant d'indifférence et de coquetterie ne semblait pas aisé à comprendre. Les uns disaient qu'elle n'aimait rien ; les autres, qu'elle n'aimait qu'elle-même. Un seul mot suffisait cependant pour expliquer son caractère : elle attendait. Depuis l'âge de quatorze ans, elle avait entendu répéter sans cesse que rien n'était aussi charmant qu'elle ; elle en était persuadée ; c'est pourquoi elle prenait grand soin de sa parure : en manquant de respect à sa personne, elle aurait cru commettre un sacrilège. Elle marchait, pour ainsi dire, dans sa beauté, comme un enfant dans ses habits de fête ; mais elle était bien loin de croire que cette beauté dût rester inutile ; sous son apparente insouciance se cachait une volonté secrète, inflexible, et d'autant plus forte qu'elle était mieux dissimulée. La coquetterie des femmes ordinaires, qui se dépense en œillades, en minauderies et en sourires, lui semblait une escarmouche puérile, vaine, presque méprisable. Elle se sentait en possession d'un trésor, et elle dédaignait de le hasarder au jeu pièce à pièce : il lui fallait un adversaire digne d'elle ; mais, trop habituée à voir ses désirs prévenus, elle ne cherchait pas cet adversaire ; on peut même dire davantage, elle était étonnée qu'il se fît attendre. Depuis quatre ou cinq ans qu'elle allait dans le monde et qu'elle étalait consciencieusement ses paniers, ses falbalas et ses belles épaules, il lui paraissait inconcevable qu'elle n'eût point encore inspiré une grande passion. Si elle eût dit le fond de sa pensée, elle eût volontiers répondu à ceux qui lui faisaient des compliments : « Eh bien ! s'il est vrai que je sois si belle, que ne vous brûlez-vous la cervelle pour moi ? » Réponse que, du reste, pourraient faire bien des jeunes filles, et que plus d'une, qui ne dit rien, a au fond du cœur, quelquefois sur le bord des lèvres.

Qu'y a-t-il, en effet, au monde, de plus impatientant pour une femme que d'être jeune, belle, riche, de se regarder dans son miroir, de se voir parée, digne en tout point de plaire, toute disposée à se laisser aimer, et de se dire : On m'admire, on me vante, tout le monde me trouve charmante, et personne ne m'aime. Ma robe est de la meilleure faiseuse, mes dentelles sont superbes, ma coiffure est irréprochable, mon visage le plus beau de la terre, ma taille fine, mon pied bien chaussé ; et tout cela ne me sert à rien qu'à aller bâiller dans le coin d'un salon ! Si un jeune homme me parle, il me traite en enfant ; si on me demande en mariage, c'est pour ma dot ; si quelqu'un me serre la main en dansant, c'est un fat de province ; dès que je parais quelque part, j'excite un murmure d'admiration, mais personne ne me dit, à moi seule, un mot qui me fasse battre le cœur. J'entends des impertinents qui me louent tout haut, à deux pas de moi, et pas un regard modeste et sincère ne cherche le mien. Je porte une âme ardente, pleine de vie, et je ne suis, à tout prendre, qu'une jolie poupée qu'on promène, qu'on fait sauter au bal, qu'une gouvernante habille le matin et décoiffe le soir, pour recommencer le lendemain.

Voilà ce que mademoiselle Godeau s'était dit bien des fois à elle-même, et il y avait de certains jours où cette pensée lui inspirait un si sombre ennui, qu'elle restait muette et presque immobile une journée entière. Lorsque Croisilles lui écrivit, elle était précisément dans un accès d'humeur semblable. Elle venait de prendre son chocolat, et elle rêvait profondément, étendue dans une bergère, lorsque sa femme de chambre entra et lui remit la lettre d'un air mystérieux. Elle regarda l'adresse, et, ne reconnaissant pas l'écriture, elle retomba dans sa distraction. La femme de chambre se vit alors forcée d'expliquer de quoi il s'agissait, ce qu'elle fit d'un air assez déconcerté, ne sachant trop comment la jeune fille prendrait cette démarche. Mademoiselle Godeau écouta sans bouger, ouvrit ensuite la lettre, et y jeta seulement un coup d'œil ; elle demanda aussitôt une feuille de papier, et écrivit nonchalamment ce peu de mots :

« Eh, mon Dieu ! non, monsieur, je ne suis pas fière. Si vous aviez seulement cent mille écus, je vous épouserais très volontiers. »

Telle fut la réponse que la femme de chambre rapporta sur-le-champ à Croisilles, qui lui donna encore un louis pour sa peine.

V

Cent mille écus, comme dit le proverbe, ne se trouvent pas dans le pas d'un âne ; et si Croisilles eût été défiant, il eût pu croire, en lisant la lettre de mademoiselle Godeau, qu'elle était folle ou qu'elle se moquait de lui. Il ne pensa pourtant ni l'un ni l'autre ; il ne vit rien autre chose, sinon que sa chère Julie l'aimait, qu'il lui fallait cent mille écus, et il ne songea, dès ce moment, qu'à tâcher de se les procurer.

Il possédait deux cents louis comptant, plus une maison qui, comme je l'ai dit, pouvait valoir une trentaine de mille francs. Que faire ? Comment s'y prendre pour que ces trente-quatre mille francs en devinssent tout à coup trois cent mille ? La première idée qui vint à l'esprit du jeune homme fut de trouver une manière quelconque de jouer à croix ou pile toute sa fortune ; mais, pour cela, il fallait vendre la maison. Croisilles commença donc par coller sur sa porte un écriteau portant que sa maison était à vendre ; puis, tout en rêvant à ce qu'il ferait de l'argent qu'il pourrait en tirer, il attendit un acheteur.

Une semaine s'écoula, puis une autre ; pas un acheteur ne se présenta. Croisilles passait ses journées à se désoler avec Jean, et le désespoir s'emparait de lui, lorsqu'un brocanteur juif sonna à sa porte.

– Cette maison est à vendre, monsieur. En êtes-vous le propriétaire ?

– Oui, monsieur.

– Et combien vaut-elle ?

– Trente mille francs, à ce que je crois ; du moins je l'ai entendu dire à mon père.

Le juif visita toutes les chambres, monta au premier, descendit à la cave, frappa sur les murailles, compta les marches de l'escalier, fit tourner les portes sur leurs gonds et les clefs dans les serrures, ouvrit et ferma les fenêtres ; puis enfin, après avoir tout bien examiné, sans dire un mot et sans faire la moindre proposition, il salua Croisilles et se retira.

Croisilles, qui, durant une heure, l'avait suivi le cœur palpitant, ne fut pas, comme on pense, peu désappointé de cette retraite silencieuse. Il supposa que le juif avait voulu se donner le temps de réfléchir, et qu'il reviendrait incessamment. Il l'attendit pendant huit jours, n'osant sortir de peur de manquer sa visite, et regardant à la fenêtre du matin au soir ; mais ce fut en vain : le juif ne reparut point. Jean, fidèle à son triste rôle de raisonneur, faisait, comme on dit, de la morale à son maître, pour le dissuader de vendre sa maison d'une manière si précipitée et dans un but si extravagant. Mourant d'impatience, d'ennui et d'amour, Croisilles prit un matin ses deux cents louis et sortit, résolu à tenter la fortune avec cette somme, puisqu'il n'en pouvait avoir davantage.

Les tripots, dans ce temps-là, n'étaient pas publics, et l'on n'avait pas encore inventé ce raffinement de civilisation qui permet au premier venu de se ruiner à toute heure, dès que l'envie lui en passe par la tête. À peine Croisilles fut-il dans la rue qu'il s'arrêta, ne sachant où aller risquer son argent. Il regardait les maisons du voisinage, et les toisait les unes après les autres, tâchant de leur trouver une apparence suspecte et de deviner ce qu'il cherchait. Un jeune homme de bonne mine, vêtu d'un habit magnifique, vint à passer. À en juger par les dehors, ce ne pouvait être qu'un fils de famille. Croisilles l'aborda poliment.

– Monsieur, lui dit-il, je vous demande pardon de la liberté que je prends. J'ai deux cents louis dans ma poche et je meurs d'envie de les perdre ou d'en avoir davantage. Ne pourriez-vous pas m'indiquer quelque honnête endroit où se font ces sortes de choses ?

À ce discours assez étrange, le jeune homme partit d'un éclat de rire.

– Ma foi ! monsieur, répondit-il, si vous cherchez un mauvais lieu, vous n'avez qu'à me suivre, car j'y vais.

Croisilles le suivit, et au bout de quelques pas ils entrèrent tous deux dans une maison de la plus belle apparence, ou ils furent reçus le mieux du monde par un vieux gentilhomme de fort bonne compagnie. Plusieurs jeunes gens étaient déjà assis autour d'un tapis vert : Croisilles y prit modestement une place, et en moins d'une heure ses deux cents louis furent perdus.

Il sortit aussi triste que peut l'être un amoureux qui se croit aimé. Il ne lui restait pas de quoi dîner, mais ce n'était pas ce qui l'inquiétait.

– Comment ferai-je à présent, se demanda-t-il, pour me procurer de l'argent ? À qui m'adresser dans cette ville ? Qui voudra me prêter seulement cent louis sur cette maison que je ne puis vendre ?

Pendant qu'il était dans cet embarras, il rencontra son brocanteur juif. Il n'hésita pas à s'adresser à lui, et, en sa qualité d'étourdi, il ne manqua pas de lui dire dans quelle situation il se trouvait. Le juif n'avait pas grande envie d'acheter la maison ; il n'était venu la voir que par curiosité, ou, pour mieux dire, par acquit de conscience, comme un chien entre en passant dans une cuisine dont la porte est ouverte, pour voir s'il n'y a rien à voler ; mais il vit Croisilles si désespéré, si triste, si dénué de toute ressource, qu'il ne put résister à la tentation de profiter de sa misère, au risque de se gêner un peu pour payer la maison. Il lui en offrit donc à peu près le quart de ce qu'elle valait. Croisilles lui sauta au cou ; l'appela son ami et son sauveur, signa aveuglément un marché à faire dresser les cheveux sur la tête, et, dès le lendemain, possesseur de quatre cents nouveaux louis, il se dirigea derechef vers le tripot où il avait été si poliment et si lestement ruiné la veille.

En s'y rendant, il passa sur le port. Un vaisseau allait en sortir ; le vent était doux, l'Océan tranquille. De toutes parts, des négociants, des matelots, des officiers de marine en uniforme, allaient et venaient. Des crocheteurs transportaient d'énormes ballots pleins de marchandises. Les passagers faisaient leurs adieux ; de légères barques flottaient de tous côtés ; sur tous les visages on lisait la crainte, l'impatience ou l'espérance ; et, au milieu de l'agitation qui l'entourait, le majestueux navire se balançait doucement, gonflant ses voiles orgueilleuses.

– Quelle admirable chose, pensa Croisilles, que de risquer ainsi ce qu'on possède, et d'aller chercher au delà des mers une périlleuse fortune ! Quelle émotion de regarder partir ce vaisseau chargé de tant de richesses, du bien-être de tant de familles ! Quelle joie de le voir revenir, rapportant le double de ce qu'on lui a confié, rentrant plus fier et plus riche qu'il n'était parti ! Que ne suis-je un de ces marchands ! Que ne puis-je jouer ainsi mes quatre cents louis ! Quel tapis vert que cette mer immense, pour y tenter hardiment le hasard ! Pourquoi n'achèterais-je pas quelques ballots de toiles ou de soieries ? qui m'en empêche, puisque j'ai de l'or ? Pourquoi ce capitaine refuserait-il de se charger de mes marchandises ? Et qui sait ? au lieu d'aller perdre cette pauvre et unique somme dans un tripot, je la doublerais, je la triplerais peut-être par une honnête industrie. Si Julie m'aime véritablement, elle attendra quelques années, et elle me restera fidèle jusqu'à ce que je puisse l'épouser. Le commerce produit quelquefois des bénéfices plus gros qu'on ne pense ; il ne manque pas d'exemples, en ce monde, de fortunes rapides, surprenantes, gagnées ainsi sur ces flots changeants : pourquoi la Providence ne bénirait-elle pas une tentative faite dans un but si louable, si digne de sa protection ? Parmi ces marchands qui ont tant amassé et qui envoient des navires aux deux bouts de la terre, plus d'un a commencé par une moindre somme que celle que j'ai là. Ils ont prospéré avec l'aide de Dieu ; pourquoi ne pourrais-je pas prospérer à mon tour ? Il me semble qu'un bon vent souffle dans ces voiles, et que ce vaisseau inspire la confiance. Allons ! le sort en est jeté, je vais m'adresser à ce capitaine qui me paraît aussi de bonne mine, j'écrirai ensuite à Julie, et je veux devenir un habile négociant.

Le plus grand danger que courent les gens qui sont habituellement un peu fous, c'est de le devenir tout à fait par instants. Le pauvre garçon, sans réfléchir davantage, mit son caprice à exécution. Trouver des marchandises à acheter lorsqu'on a de l'argent et qu'on ne s'y connaît pas, c'est la chose du monde la moins difficile. Le capitaine, pour obliger Croisilles, le mena chez un fabricant de ses amis qui lui vendit autant de toiles et de soieries qu'il put en payer ; le tout, mis dans une charrette, fut promptement transporté à bord. Croisilles, ravi et plein d'espérance, avait écrit lui-même en grosses lettres son nom sur ses ballots. Il les regarda s'embarquer avec une joie inexprimable ; l'heure du départ arriva bientôt, et le navire s'éloigna de la côte.

VI

Je n'ai pas besoin de dire que, dans cette affaire, Croisilles n'avait rien gardé. D'un autre côté, sa maison était vendue ; il ne lui restait pour tout bien que les habits qu'il avait sur le corps ; point de gîte, et pas un denier. Avec toute la bonne volonté possible, Jean ne pouvait supposer que son maître fût réduit à un tel dénûment ; Croisilles était, non pas trop fier, mais trop insouciant pour le dire ; il prit le parti de coucher à la belle étoile, et, quant aux repas, voici le calcul qu'il fit : il présumait que le vaisseau qui portait sa fortune mettrait six mois à revenir au Havre ; il vendit, non sans regret, une montre d'or que son père lui avait donnée, et qu'il avait heureusement gardée ; il en eut trente-six livres. C'était de quoi vivre à peu près six mois avec quatre sous par jour. Il ne douta pas que ce ne fût assez, et, rassuré par le présent, il écrivit à mademoiselle Godeau pour l'informer de ce qu'il avait fait ; il se garda bien, dans sa lettre, de lui parler de sa détresse ; il lui annonça, au contraire, qu'il avait entrepris une opération de commerce magnifique, dont les résultats étaient prochains et infaillibles ; il lui expliqua comme quoi la Fleurette, vaisseau à fret de cent cinquante tonneaux, portait dans la Baltique ses toiles et ses soieries ; il la supplia de lui rester fidèle pendant un an, se réservant de lui en demander davantage ensuite, et, pour sa part, il lui jura un éternel amour.

Lorsque mademoiselle Godeau reçut cette lettre, elle était au coin de son feu, et elle tenait à la main, en guise d'écran, un de ces bulletins qu'on imprime dans les ports, qui marquent l'entrée et la sortie des navires, et en même temps annoncent les désastres. Il ne lui était jamais arrivé, comme on peut penser, de prendre intérêt à ces sortes de choses, et elle n'avait jamais jeté les yeux sur une seule de ces feuilles. La lettre de Croisilles fut cause qu'elle lut le bulletin qu'elle tenait ; le premier mot qui frappa ses yeux fut précisément le nom de la Fleurette ; le navire avait échoué sur les côtes de France dans la nuit même qui avait suivi son départ. L'équipage s'était sauvé à grand'peine, mais toutes les marchandises avaient été perdues.

Mademoiselle Godeau, à cette nouvelle, ne se souvint plus que Croisilles avait fait devant elle l'aveu de sa pauvreté ; elle en fut aussi désolée que s'il se fût agi d'un million ; en un instant, l'horreur d'une tempête, les vents en furie, les cris des noyés, la ruine d'un homme qui l'aimait, toute une scène de roman, se présentèrent à sa pensée ; le bulletin et la lettre lui tombèrent des mains ; elle se leva dans un trouble extrême, et, le sein palpitant, les yeux prêts à pleurer, elle se promena à grands pas, résolue à agir dans cette occasion, et se demandant ce qu'elle devait faire.

Il y a une justice à rendre à l'amour, c'est que plus les motifs qui le combattent sont forts, clairs, simples, irrécusables, en un mot, moins il a le sens commun, plus la passion s'irrite, et plus on aime ; c'est une belle chose sous le ciel que cette déraison du cœur ; nous ne vaudrions pas grand'chose sans elle. Après s'être promenée dans sa chambre, sans oublier ni son cher éventail, ni le coup d'œil à la glace en passant, Julie se laissa retomber dans sa bergère. Qui l'eût pu voir en ce moment eût joui d'un beau spectacle : ses yeux étincelaient, ses joues étaient en feu ; elle poussa un long soupir et murmura avec une joie et une douleur délicieuses :

– Pauvre garçon ! il s'est ruiné pour moi !

Indépendamment de la fortune qu'elle devait attendre de son père, mademoiselle Godeau avait, à elle appartenant, le bien que sa mère lui avait laissé. Elle n'y avait jamais songé ; en ce moment, pour la première fois de sa vie, elle se souvint qu'elle pouvait disposer de cinq cent mille francs. Cette pensée la fit sourire ; un projet bizarre, hardi, tout féminin, presque aussi fou que Croisilles lui-même, lui traversa l'esprit ; elle berça quelque temps son idée dans sa tête, puis se décida à l'exécuter.

Elle commença par s'enquérir si Croisilles n'avait pas quelque parent ou quelque ami ; la femme de chambre fut mise en campagne. Tout bien examiné, on découvrit, au quatrième étage d'une vieille maison, une tante à demi percluse, qui ne bougeait jamais de son fauteuil, et qui n'était pas sortie depuis quatre ou cinq ans. Cette pauvre femme, fort âgée, semblait avoir été mise ou plutôt laissée au monde comme un échantillon des misères humaines. Aveugle, goutteuse, presque sourde, elle vivait seule dans un grenier ; mais une gaieté plus forte que le malheur et la maladie la soutenait à quatre-vingts ans et lui faisait encore aimer la vie ; ses voisins ne passaient jamais devant sa porte sans entrer chez elle, et les airs surannés qu'elle fredonnait égayaient toutes les filles du quartier. Elle possédait une petite rente viagère qui suffisait à l'entretenir ; tant que durait le jour, elle tricotait ; pour le reste, elle ne savait pas ce qui s'était passé depuis la mort de Louis XIV.

Ce fut chez cette respectable personne que Julie se fit conduire en secret. Elle se mit pour cela dans tous ses atours ; plumes, dentelles, rubans, diamants, rien ne fut épargné : elle voulait séduire ; mais sa vraie beauté en cette circonstance fut le caprice qui l'entraînait. Elle monta l'escalier raide et obscur qui menait chez la bonne dame, et, après le salut le plus gracieux, elle parla à peu près ainsi :

– Vous avez, madame, un neveu nommé Croisilles, qui m'aime et qui a demandé ma main ; je l'aime aussi et voudrais l'épouser ; mais mon père, M. Godeau, fermier général de cette ville, refuse de nous marier, parce que votre neveu n'est pas riche. Je ne voudrais pour rien au monde être l'occasion d'un scandale, ni causer de la peine à personne ; je ne saurais donc avoir la pensée de disposer de moi sans le consentement de ma famille. Je viens vous demander une grâce que je vous supplie de m'accorder ; il faudrait que vous vinssiez vous-même proposer ce mariage à mon père. J'ai, grâce à Dieu, une petite fortune qui est toute à votre service ; vous prendrez, quand il vous plaira, cinq cent mille francs chez mon notaire, vous direz que cette somme appartient à votre neveu, et elle lui appartient en effet ; ce n'est point un présent que je veux lui faire, c'est une dette que je lui paye, car je suis cause de la ruine de Croisilles, et il est juste que je la répare. Mon père ne cédera pas aisément ; il faudra que vous insistiez et que vous ayez un peu de courage ; je n'en manquerai pas de mon côté. Comme personne au monde, excepté moi, n'a de droit sur la somme dont je vous parle, personne ne saura jamais de quelle manière elle aura passé entre vos mains. Vous n'êtes pas très riche non plus, je le sais, et vous pouvez craindre qu'on ne s'étonne de vous voir doter ainsi votre neveu ; mais songez que mon père ne vous connaît pas, que vous vous montrez fort peu par la ville, et que par conséquent il vous sera facile de feindre que vous arrivez de quelque voyage. Cette démarche vous coûtera sans doute, il faudra quitter votre fauteuil et prendre un peu de peine ; mais vous ferez deux heureux, madame, et, si vous avez jamais connu l'amour, j'espère que vous ne me refuserez pas.

La bonne dame, pendant ce discours, avait été tour à tour surprise, inquiète, attendrie et charmée. Le dernier mot la persuada.

– Oui, mon enfant, répéta-t-elle plusieurs fois, je sais ce que c'est, je sais ce que c'est !

En parlant ainsi, elle fit un effort pour se lever ; ses jambes affaiblies la soutenaient à peine ; Julie s'avança rapidement, et lui tendit la main pour l'aider ; par un mouvement presque involontaire, elles se trouvèrent en un instant dans les bras l'une de l'autre. Le traité fut aussitôt conclu ; un cordial baiser le scella d'avance, et toutes les confidences nécessaires s'ensuivirent sans peine.

Toutes les explications étant faites, la bonne dame tira de son armoire une vénérable robe de taffetas qui avait été sa robe de noce. Ce meuble antique n'avait pas moins de cinquante ans, mais pas une tache, pas un grain de poussière ne l'avait défloré ; Julie en fut dans l'admiration. On envoya chercher un carrosse de louage, le plus beau qui fût dans toute la ville. La bonne dame prépara le discours qu'elle devait tenir à M. Godeau ; Julie lui apprit de quelle façon il fallait toucher le cœur de son père, et n'hésita pas à avouer que la vanité était son côté vulnérable.

– Si vous pouviez imaginer, dit-elle, un moyen de flatter ce penchant, nous aurions partie gagnée.

La bonne dame réfléchit profondément, acheva sa toilette sans mot dire, serra la main de sa future nièce, et monta en voiture. Elle arriva bientôt à l'hôtel Godeau ; là, elle se redressa si bien en entrant, qu'elle semblait rajeunie de dix ans. Elle traversa majestueusement le salon où était tombé le bouquet de Julie, et, quand la porte du boudoir s'ouvrit, elle dit d'une voix ferme au laquais qui la précédait :

– Annoncez la baronne douairière de Croisilles.

Ce mot décida du bonheur des deux amants ; M. Godeau en fut ébloui. Bien que les cinq cent mille francs lui semblassent peu de chose, il consentit à tout pour faire de sa fille une baronne, et elle le fut ; qui eût osé lui en contester le titre ? À mon avis, elle l'avait bien gagné.